바람개비에는 의자가 없다

시작시인선 0166 바람개비에는 의자가 없다

1판 1쇄 펴낸날 2014년 7월 31일
지은이 민용태
펴낸이 채상우
디자인 정선형
펴낸곳 (주)천년의시작
등록번호 제301-2012-033호
등록일자 2006년 1월 10일
주소 100-380 서울시 중구 동호로27길 30, 413호(묵정동, 대학문화원)
전화 02-723-8668
팩스 02-723-8630
홈페이지 www.poempoem.com
이메일 poemsijak@hanmail.net

ⓒ민용태, 2014, printed in Seoul, Korea

ISBN 978-89-6021-213-8 04810
　　　978-89-6021-069-1 04810(세트)

값 9,000원

바람개비에는 의자가 없다

민용태

천년의 시작

시인의 말

시인에게는 말이 없다, 학에게 말이 없듯이. 시인과 학에게 말은 곧 행동이다. 사실 퍼포먼스 시작을 하고 싶었다. 다만 바람과 창호지를 컴퓨터가 대신한다. 쓴 글에 자꾸 눈이 간다. 내 글에 내 들숨 날숨과 나의 독수리 타법의 독수리 발톱 맛과 손맛이 깃들어 있기를 바란다. 내 시를 읽는 너의 눈과 코끝에 내 숨결이 느껴지리라. 시학은 결국 에로티시즘 아닌가. 시인은 위선(僞善)스러우리 만큼 죽어도 살아 있다. 어떻든 나의 삶이 남의 살로 갈 수 있다면 얼마나 이상적인 시적 전달이랴.

시 쓰기가 생명 운동임을 새삼 느낀다. 이번에 젊은 시인들에게 가까이 가게 된 것을 큰 행운과 영광으로 생각한다. 푸르름과 웃음만큼 지키기 어려운 게 어디 있으랴. 천년의 시작 나무들과 모두에게 고맙다.

차례

제1부

풍류

오래된 우물에서는
시를 퍼 올리기보다는 시체를 파내는 게 먼저다

회식이나 회갑 잔치, 노벨상이나 노망, 총장이나 송장
달력이 유일한 공증인인 일생보다는

느릅나무보다 느리게 버들가지보다 빈둥거리며
이끼 사이 빠져나가는 붕어 새끼들이나 들여다보고

누가 부르면 나가고 안 부르면 안 나가고
나뒹굴어져 시 우물이나 파다가 지치면 자고

새 乙 자가 없으면 새가 없다

소름 끼치는 일이지만 안나가 『안나의 일기』를 쓰지 않았다면
안나는 존재하지 않았다
—호르헤 우르띠아

누가 물에 새 乙 자를 썼나
새가 가고 시인이 가고
이름 모를 철새들이 날아와
새 乙 자를 쓰고 보고 또 쓴다

학이 새 乙 자를 쓴다
물 위에도 물 아래에도
학이 새 乙 자를 쪼아 먹는다
날아간다 하늘가로
구름이 길게 새 乙 자를 쓴다

살아 있는 글은 살을 먹는 글
글은 살을 먹고 살은 글을 먹고
살이 글을 먹고 굴이 된다 진주가 된다
바다와 하늘 사이 시가 난다

바람개비

사람은 바람
들숨은 날숨을 몰아내고
날숨은 날짐승을 쫓는다

사람은 바람
바람의 의사는 장의사
바람개비에는 의자가 없다
학에게는 비명이 없다

학이 하늘가를 난다

깨새

참새 모양의 새 중에 깨새가 있다
"열려라, 참깨!" 할 때 그 참깨새
박새라고도 하지만 흥부의 박 씨와는 다르다
슬금슬금 대박 황금보다는
잃어버린 별빛을 가져오니까

깨새는 깨가 쏟아지는 신혼
혹은 갓 태어난 새 아이의 눈웃음 속에 살다가
길가 쥐방울나무나 군밤 아저씨의
졸리는 속눈썹 같은 데 붙어살다가
크리스마스 날 밤쯤이면 굴뚝새가 되어 나타난다

굴뚝새는 아이들 잠든 깊은 밤에
굴뚝 끝 아이들 잠 꼬리에 사탕을 놓고 간다
어른들의 눈에는 안 보이지만 세상의
모든 착한 아이들은 굴뚝새 굴뚝 타고 내려와
딸랑딸랑 선물 놓고 간 거 다 안다

이제 우리 주변에는 깨새도 굴뚝새도 꿈도 안 보인다
밤이 되면 고층 빌딩 주상복합아파트에는

별들이 걸레 들고 내려와 유리창 닦다가
아스팔트에 떨어진다 떨어진 별들은
떨어진 돈만 세다 수많은 차바퀴에 으깨어지고

숲의 시

숲을 거닐다 보면
등 뒤에서 발자국 소리가 들린다
돌아보면 소리는 은사시나무 뒤에 숨고
이파리 사이 눈빛만 반짝인다
상수리나무 위로 올라간 아이들은
가을에 상수리가 되어 떨어진다
그러나 가장 끈질기게
내 뒤를 밟는 것은 바람
사람은 바람이다 바람이 된다
돌아보면 나무도 나도 없고
나는 나무 나무아미타불
나무 잎사귀 바람이 염불을 한다
시를 쓴다

나의 시에는 내가 없다

나는 길이다

나는 점이 아니다 길이다
너는 길섶에 핀 구름 아니면 들국화
바람이 조금만 일어도 너는 달아난다
하늘이 조금만 높아도 너는 날아간다
너를 따라 재를 넘는 길손
나는 길이다

길의 손에는 꽃 대신
시냇물이 고인다 흘러간
길은 모두 나의 이마를 거쳐
강으로 간다 강을 따라
시를 따라

따라가다 보면 바다
바다는 쉼표가 아니다 점이 아니다
먼 바다에서 또다시 나는 길을 떠난다

비센떼 알레익산드레

꼭두새벽에 문득 파란 눈의 시인 비센떼 알레익산드레가 생각난다. "멀리서 와서 중심에 있는 시인 용타에 민"이라고 써 준, '사랑이냐 파멸이냐'의 시인 비센떼 알레익산드레. 내가 살던 마드리드 대학로 근방 웰링또니아 거리(지금은 비센떼 알레익산드레 거리)에, 담장이덩굴 너머에 파란 시인의 집이 있었지. 시인의 맨 처음 질문: "그 먼 나라의 소녀들은 어때?" "참 아름답지요." "그렇지? 난 알고 있었어." 환하게 나를 응시하는 파란 미소.

"나를 껴안지 말아요. 밤이 올까 두려워요."라고 말했던 시인 비센떼 알레익산드레는 이미 두려운 밤 속에 갇혀 있다. 그 많은 사랑은 무덤 속에 갇혀, 이제 풀이나 바람이나 기르고 있겠지. 지금 나의 시처럼 어지러운 말들, 복잡한 이름들, 혹은 망각에 갇혀, 사랑도 파괴도 시도 잊고…… 거기서는 물론 나를 못 알아보시겠지. 여기서도 Yong-Tae Min(나에게도 낯선)은 어느 먼 나라 시인으로 보셨으니까.

그러나 혹시 나를 알아보실지도 몰라. 시인은 멀리 떠나도 항상 중심에 있으니까. 그리고 그 먼 먼 주소에서 파란 눈으로 이렇게 말씀하시겠지: "인생은, 사랑은 참 아름답지요? 그렇지요? 난 알고 있었어."

부시맨 부싯돌

지금 당신 눈 믿소?
당신은 표범을 못 보지만
벌써부터 표범은 당신을 지켜보고 있소

시시한 시인

쉰 넘어 하늘을 알면서 나는 내가
시시한 시인임을 안다, 많은 사람이 되고 싶었던 나, 특히
시인이 되고 싶었던 나, 사랑에 울고 가난에 울던 소월은
싫었다. 서른세 살에 십자가에 못 박혀 죽은 사람도
서른여섯에 총 맞아 죽은 로르까도 싫고
돈 끼호떼와 세르반떼스 중 누구를 고르라고 하면
일곱 번 이상을 감옥에 가고 가난에 찌들다가 배고파 죽은
세르반떼스보다는
한 번도 감옥에 안 간 돈 끼호떼가 되고 싶었다
유명한 돈 끼호떼보다는 난 실은
무명 시인 우리 아버지가 되고 싶었다.
시골에서 태어나 시골티를 한번도 안 벗은
그래도 광주 카바레에서는 백구두 신사로 날리던
우리 아버지 알든 모르든 수많은
여인들에게 수많은 사랑을 받은
'번지 없는 주막'의 이름 없는 명가수 우리 아버지
지금은 기꺼이 잊혀지고 있는 무명 시인의
여든세 살을 산 삶과 그 위대한 시시함을
나도 시래깃국처럼 맛있게 살다가
한 백서른세 살쯤

아무 일 없는 바람의 이름으로
바람에게 마침표를 가르치고
위대한 시는 무슨……
시시하게 시시하게, 아무 신도 시새움 안 하게
말띠답게 멋진 말이나 하나 타고 구름 타고
그전에 우리가 거기서 왔다던 북두칠성이나 한번 다녀
오든지

메타세쿼이아

공룡시대의 화석 나무 메타세쿼이아
그때 세상은 갓난아이였지
공룡 아이들의 세상이었으니까
사물들은 이름이 없었지
사물을 부를 때는 직접 만지면서 쓰다듬었지
물은 다 시냇물이었고
그때 바다는 어린아이였지
손바닥 발바닥만 한 파도만 가지고 놀았지
파도 위에 가끔 별이 놀러 오면
서로 눈 맞추기하고 함께 반짝였지
그때 제일 장난꾸러기는 바람이었는데
바람은 눈들을 홑이불에 말아 가지고
강에다 뿌리고 들에 뿌렸지
그때 새싹들이 눈을 뜨면
세상은 봄 다 꿈이 되는
그때는 봄과 꿈과 세상이 함께 손잡고 놀았지
그때 사람들은 잠자는 듯 죽었고
아침이 되면 금방 눈 비비고 일어났지
그때 제일 문제는 늦잠꾸러기 해였어
해가 일어나지 않으면

사물이나 사람들은 몇 날이고 죽어 있었고
그때 온몸에는 파리 떼가 득실거리고
콧구멍이란 콧구멍에는 다 구더기가 슬었지
해보다 더 큰 문제는 얼음이었어
지구온난화로 지구가 온통 용광로처럼 끓다가
갑자기 꽁꽁 얼어붙었어
공룡 울음까지 하늘을 향해 얼어붙었지
결국 어린아이 어린 세상은 다른 은하계에서
다시 집에 돌아올 수가 없었고
온갖 나무 사물은 불러도 만져도 그림자뿐
세상은 TV 속처럼 그림자와 얼굴과 이름뿐이게 되었지
오늘 메타세쿼이아들이 돌아와
또다시 하늘 향해 목울음 울고 있는 걸 보면
언뜻 무슨 저승사자 같은 불길한 생각이 들어서
나도 그 곁에서 고개 들고 한참을 서성였지

고덕동 새벽 산보길에서

세상사 다 시다, 시들 시들 하지만
여기 고덕동에는 고독보다 돌이 둘이 산다
독새기보다는 독새풀 돌미나리 돌배……
밤도 많지만 개암도 천지다
심지어 어린 시절 심산유곡에 두고 온
으름덩쿨까지 울며 울며
수상산 승상봉까지 따라와 있다
엊그제 포리똥인가 보리수 열맨가가 너무 많이 열렸기에
"여기 이거 암에 좋아요!" 소리쳤더니
모든 가지에 뼈만 남겨 놓았다
뼈만 남아 왼손을 안고 운동 열심히 하던
노신사는 요즘 몇 달째 보이지 않는다
나에게 늘 "싸랑해요!" 하트 모양을 그리던
할머니도 그림을 그만두었는지 보이지 않는다
여기 물음표는 고사리뿐
고사리만 고개를 숙인다
세상사 다 시들 시들 하지만

너에게 쓰는 나의 시는

나의 손가락에서 너의 눈자위까지
나의 입술에서 너의 귓바퀴까지
네 몸에 쓰는 나의 글씨는
콩닥콩닥 너의 가슴 두들기고
너는 피아노 나는 피아니스트
너와 나 사이 음악은
나의 손가락 끝에서 너의 속눈썹으로
나의 입술에서 너의 귓바퀴로
나의 손에서 너의 가슴으로
나의 몸에서 너의 골짜기로
어루만지듯 파고드는
너와 나 사이 음악은

풀여치

초가을 밤 찢어진 문풍지 사이로
달빛 먼저 찾아오는 건 풀여치
풀 잎사귀 하나 불 가까이
오지도 못 하고 창문에 붙어
문창살만 만지작거리다
노래도 없이 시만 쓴다
높은음자리표로 매달린 풀 이파리
풀잎의 사촌쯤 되는 파란 떨림

파란 뽕잎이 누에가 되고 누에가 나비 되고
아니면 번데기로 고춧집에 갇혀 고이 삶아져
혹은 아이들 입(용태 입 먼저!)에도 들어가고
혹은 명주 실꾸리에 감겨 비단으로 태어나는
풀과 벌레, 나비, 비단, 아이들의 되어감과 돌아감이
해를 그려 달이 동그랗게 뜨듯
우주 속에 그저 삶을 끄적거리던 시절

풀이 여치 되어 내 방에 높은음자리표로
문창살에 노래를 쓰고 있음을
눈치채지 못할 내가 아니다

읽고 읽던 시집을 내려놓고 연필을 들어
풀여치의 악보를 풀어 간다, 사락사락
연필로 연주되는 풀여치의 사연, 사랑은
땅속 깊이 긴 긴 기다림, 눈물 먹고 자란 키

가을 되어 갈대보다 바람보다 먼저 여위어진다
여위어져 노래를 잃고 이제는 또 어디로 가야 하나
내 방에 잠깐 머문 작은 우주 나그네
두 나그네 시와 시간을 주고받는다
풀 이파리 풀여치 되듯 아이는 그렇게 시인이 되었다

감나무 가지에 앉은 달이 빤히
내 방을 들여다보고 있을 때

렌즈

귀신이 되어 본 일이 있는가
어슬렁어슬렁 옛 골목길을 두리번거려 본 일이 있는가
마드리드 대학로 가로수길이나 담장이덩굴을 쓰다듬으며
금방 건너 길에서 "Hola, Min!" 하고 달려올 것 같은
열일곱여덟 살쯤 되어 보이는 소녀들 담장이덩굴처럼
금방 달려와 이 찬 볼에 입술을 대고 반길 것 같은
아무도 너에게 눈길을 보내지 않는
죽어서 돌아온 자의 고독이 되어 보았는가

마드리드 Federico Rubio가와 Franco Rodriguez가
사이
어느 바에서 호프 잔을 홀짝이던 한 금발 소녀
1980년경 우주에서 유리창을 타고 건너온 햇살
"네 눈이 햇살보다 더 반짝인다!"
"이 눈의 렌즈 때문이야……."
계면쩍은 듯 파랗게 수줍게 웃던 작은 호수 여린 소녀의
4월의 미소, 시의 반짝임을 본 일이 있는가
몇 년 뒤 내 사랑은 커피를 마시며 "여기 어디 내 렌즈
못 봤어?"
렌즈는 끝내 시간의 늪에 빠지고

30

귀신이 되어 본 일이 있는가
렌즈에서 안경, 안경에서 돋보기, 돋보기에서 안개
안개 속에 잃어버린 시간과 시 찾아 담장이 길을 더듬어
본 일이 있는가
햇살이나 물살이나 살이나 살아 있는 것 없다
살아서 살가운 입맞춤으로 반기는 일 없다
길을 간다는 것은 발뒤꿈치에 무덤 만들고 가는 일
무덤덤하게 무덤 만들고 뒤돌아 나온
이보게, 귀신이 되어 본 일 있는가

제2부

누가 이런 걸 꽃이라고 하랴

빈소리라도 빌어 본 일 없다
꽃이 피었다, 11층 반, 프랑스 레스토랑에……
위스키가 반쯤 입술이 반쯤
술잔에 꽃이 피었다 꼿꼿이 자리를 지키던
11살 빗줄기 11살 고독이 나란히
벼락 치듯 비 쏟아지듯 하나가 되고

그러나 그녀는 방직기계보다 꽉 짜인 일정표
나 또한 술병보다 많은 시간표로 가득 차 있어
어디 꽃 하나 별 하나 둘 구석 하나 없었다
마침내 우리 둘은 한방을 포기하고
모든 걸 없던 걸로 걸레질하고 방 빼고
어디 분양 안 된 재건축 아파트나 찾아보기로 했는데

좀 힘든 건
갑자기 눈물바다에 빠지거나 벼락 맞는 일은 없다지만
아침마다 출근할 때 빈 하늘이 빤히 날 쳐다보는 거

누더기 꽃이불

사랑은 사방에서 사발로 퍼 가고
내 사랑은 술 되어 입술마다 넘친다
때로는 속상해서 아침을 거를 때도 있지만
그것이 오래가는 것도 아니고
내 술이 남의 입술이 되는 때문만은 아닐 터

첫사랑을 나만 가지라는 법은 없고
나에게 사랑은 더러 남에게도 사랑이고
두 번째 세 번째 사랑이어도
뜨겁다가 식기는 식기 나름
사랑은 사방에서 사발로 퍼 가고

때로는 하얀 목련이 목을 파고들지만
때로는 사랑의 후텁지근함이
다리목까지 감겨 오지만
꽃은 사방에서 피고
입술은 사방에서 사발로 퍼 가고

누가 무소유의 사랑을 말하는가
내 입에 내 술이면 내 입술

꽃이 찢기고 솜털이 빠져나가도
누더기 꽃이불이 포근하다
초저녁 별도 보인다

구렁이

늙음은 날벼락이나 담벼락이 아니다
능구렁이 담 넘어가듯 늙음은
집 주위를 어슬렁거리다가
쥐도 새도 모르게 벽을 넘어와
안방을 들여다본다

2013년이 뱀의 해라지만 뱀 입에서
내 나이 일흔이라는 말이 밥 먹듯
밥알처럼 튀어나오고 왼 눈 밑에 검버섯
오른 눈 아래 죽은 깨지 주근깨지 진을 치고
이마 위에 구렁이가 긴 자취를 남기며 기어간다

엊그제는 고덕산을 내려오다 눈길에 잠깐 미끄러진 것이
오른발 복사뼈 옆의 작은 뼈 하나가 부러졌다
"천하의 민용태도 늙으니 별 볼 일 없구먼!" 별별 소리
다 들으며
  석 달 동안을 구렁이처럼 기어 다닌다
  온몸으로 네 다리로(나는 가운뎃다리까지 다섯 다리라고
우기지만……)

자의 반 타의 반 구렁이와 함께 살며 배운 것은
보기만 해도 징그러워 소름 끼쳐 하던 능구렁이가
사실은 날벼락이나 담벼락에 사는 게 아니라는 사실
요놈은 벌써부터 우리 집의 서까래나 처마 밑에 숨어 살다
봄에는 새알, 여름에는 참새, 가을에는 쥐를 잡아먹어

그렇다, 무서워할 것 없다
구렁이는 우리 집의 일부다
죽음이 삶의 일부이듯

각시패랭이꽃

잊어버리고 길을 가다 문득 발에 밟히는 꽃
각시패랭이꽃
진동으로 우는 작은 핸드폰 같은
너는 잊고 살던 나의 풋각시
하도 작아서 눈썹에 넣기도 아픈
내 사랑아
시장과 일상과 전장 속에
가까스로 푸르름으로 살아남아
꽃보다는 가냘픈 줄기가 다인
각시패랭이꽃
이따금 그 작은 보랏빛 미소가 나를 반길 때
너는 눈물보다 한 방울 아래에서
끝없이 나의 사랑을 덥힌다

봄은 사자 코털 속에 숨어

천둥이 치는데도 잠자는 잠자리
천둥벌거숭이 천방지축 춤을 춘다
봄은 사자 코털 속에 숨어
천둥벌거숭이를 바라본다
봄인지 사자인지 코털인지
천둥벌거숭이를 바라본다
무섭도록 아름다운 봄이
사자털 목도리를 두르고 꿈을 꾼다
시간을 내동댕이친다
복숭아꽃 향기를 타고
천년 바위틈으로 숨어든다

일곱 번째 단추

나이 들수록 너는 떨어진다
엊그제 너는 다섯 번째 단추이던 것이
이제는 가릴 것도 숨길 것도 없는
이거저거 다 떨어지면 달아 쓰라는
일곱 번째 땜방 정도
그런 것이 너이고 나의 시
갈수록 갈 데도 쓸데도 없고
땡중보다 중요성이 떨어지는 일상의 끝자락에
눈빛 하나로 몸을 가누고 달려 있는
낙서, 글씨, 씨…날개 잃은 민들레 씨 같은
떨어지면 그곳이 집, 보금자리인
그러나 아직은 깃털 하나로 떠 있는
무지개의 잃어버린 사촌 누이 같은 너
그 일곱 빛깔을 노래한 워드워스도 끝에 놓고 간
나의 시는 겨우 나의 배꼽 언저리 간신히 붙어
나의 탄생과 죽음을 가늠하는 이정표처럼
눈만 깜박인다
별이 별거인가
밤이면 잠 못 드는 허공에 눈들이 있는 걸
백 년 뒤에 누가 이 시에서

살아 있는 나의 목소리를 읽을 때처럼
북두칠성 국자 끝 국물이나 맛보든지

별은 없다

별이 어디 쉬운가
이별이 어디 쉬운가
이별은 두 별
눈물이 어디 쉬운가

화성에도 어느 행성에도
눈물은커녕 물이 나왔다는 소식 없다
서울 강동 명일동 주안시장에는
맥주도 고주망태도 비아그라 없이도 자두는 있지만
별이 어디 쉬운가 이별이 어디 쉬운가
쪼그라진 행성만 주름살을 삼겹살이라 과시한다

우주는 무주에도 낙지에도 없고
남자는 남편에게도 남의 편에게도 내 편에게도 없고
남편에게 잘해, 잘살아
눈물방울 같은 별똥별이어도
그것이 밤의 불빛, 눈물도 어둠도 비도
장마도 쓰라림도 쓰나미도 있는 여기는 지구

별이 어디 쉬운가

이별이 어디 쉬운가
너무 쉽게 너와 나는 우주를 소비했다
지구의 놀이공원은 이제 할아버지 미끄럼틀

그리움

먼 것은 다 별이다
멀어지면 다 별이 된다
물도 가늘어지면 눈물이 된다
물도 멀어지면 안개가 된다

잊혀지면 다 별이 된다
별인지 벌인지 모두
눈과 귀를 쏜다

서울에 시집온 봉숭아

첫눈 올 때까지 손톱에 꽃물이 지워지지 않으면 첫사랑이 이루어진다던 봉숭아는 서울에 시집와서 생활의 철인 3종 경기를 하다 그만 허리가 부러져 누워 버렸다. 봉숭아는 꽃보다는 몸을 으깨는 생활 전선의 손톱이 되고 싶었지만, 하루 9시간 철인 경기는 손톱도 등도 다 닳고 허리마저 부서져 누웠다. 비스듬히 누워 편히 등을 기댈 장독대도 없고, 벌 나비마저 날아오지 않는 아파트 철창에 화분 되어 걸쳐 있는 봉숭아. 꽃보다는 차라리 찬란한 스마트폰이나 값비싼 월급봉투가 되고 싶다.

아파트에 아파 누워서 손톱에 꽃물 들이는 봉숭아. 지금 봉숭아가 기다리는 것은 나비가 아니다. 고층 복합 빌딩에서 걸려 오는 전화벨 소리…… 손톱 위에 초승달인지 그믐달인지 웃고 있다.

소금쟁이

눈물 콧물 다 버리고
소금 다 버리고
물 위에 떠 있는 속눈썹

초승달 그믐달 다 보내고
달밤에 소금쟁이 맴을 돈다
수양버들 아래

물에 빠진 달
뭐 먹을 게 있나
동그라미 빈 바퀴 맴을 돈다

동아뱀

아들 낳고 딸 낳고 볼 장 다 본 우리
사랑은 사설처럼 사족처럼
정식 글도 아닌 글의 꼬리에 붙어
있어도 그만 없어도 그만인
해거름 녘 해 꼬리 같은
하루가 다 가기에는 아무런 의미 없는
색깔의 서성거림 머뭇거림 같은

그 음탕함은 뱀도 아닌 동아뱀 정도
담장 위나 돌 위 아무 데나
몸을 대고 뛸 준비를 한다.

해 꼬리 자르고 바로 허공으로 뛰어?

찢어지도록 붉은 단풍이
노을 속에 울음을 묻는다.

태양초

해를 걸어 놓고
사랑을 한다

해는 개처럼
너와 나의 발등을 핥는다

둘은 굼벵이
부둥켜안고 뒹군다

벌거숭이 햇살 벌거벗은 살에
네 살 내 살이 어디?

해처럼 새처럼 개처럼
불타고 날고 헐떡거리다

고요를 꽃처럼 떠받고
빨간 흑점으로 오르리

색즉시공

달마 대사의 9년 면벽에
깨달음을 덕지덕지 덮는
잠과 눈꺼풀을 떼어 뜨락에 버렸는데
눈꺼풀이 풀로 깨어나
마침내 찻잎이 되었다
잠 올 때 잠 안 오게 하는 차

그런데 또 그 잠은 자라
겨울 되고 봄 되어
꽃잎으로 깨어나다
잠 안 오는 차, 잠 안 오는 자보다는
참꽃도 풀잎도 아이들 눈이 시리도록 아름다워

제3부

고덕산 산자락에서

왜 산에 살지
산자락에 사느냐고 물으면
하늘보다는 땅 가까이 있고 싶어서
산이나 산소도 좋지만
하산이 더 좋다
밤에는 산에 가는 것도 무섭다

지하철보다는 버스가 좋다
버스보다는 물론 아무 데서나 머물 수 있는
내 차가 더 좋지만……
요즘은 다리를 다쳐 그도 저도 없이
절뚝거리고 걸어다닌다
얼른 이 '나'라는 나라가 나아야 할 텐데

아무 문제가 아닌 것들이 문짝을 잡고 늘어진다
들어갈 수도 돌아갈 수도 없는 삶의 길목에서
소나무처럼 목발 짚고 서서
하늘 바라보는 게 좋다 그러다
밤 되면 달보다 먼저 울지
동트면 해보다 먼저 웃지

고덕산

고덕산을 고독산으로 읽는 건
여기 맨몸으로 선 미루나무들
그러나 그 파란 눈빛을 읽지 않아서이다
날마다 지나가는 산길에
눈길 한번 주고 가지 않는 사람아
가을 되면 더욱 커지는 내 큰 키와
갈수록 벌거숭이 내 몸을 안아 달라고는 안 하마
더러 밤송이에 찔리는 발이 있거들랑
발길 한번 돌려 여기 파란
이웃들이 있음을 눈여겨봐 주렴
바위도 겨울 되면 백발이 되고
하늘도 돌아앉아 새끼나 꼬는
고덕산 언저리 고독한 세월의 무늬는
그래도 살아 있음의 누이와 이웃이 있어
더욱 깊어지는 따스함의 증표이니

다들 여기 운동 나와 산에 오르면
다들 웃고 서로 인사들 하고
더러 잊고 모른 척 지나가는 사람 뒤통수에
뾰루퉁해지는 미루나무 눈빛도 느끼라

고독이나 우울은 홀로 파고 홀로 들어앉은 우물
여기 고덕산에는 우물 대신 졸졸거리는 샘물만 많다
소근소근 소근대는 가랑잎만 있다
오다가다 인사하고 푸른 하늘 향하여 손 흔드는
여기는 미루나무와 밤나무 그 이웃들이
오손도손 한데 모여 산다

수상산 승상봉

쓸쓸한 날은 산으로 간다
산꼭대기 마른 쑥 마른 들국화 곁에
가까스로 몸을 가누고 서 있는 갈대의
후들거리는 주소 위
반송된 편지 봉투처럼 서리가 쌓이고
떨어진 구름 타래 나풀거리는 내 머리 위
까치가 까마귀 소리를 낸다

마른 쑥 마른 들국화 향기가
네가 없음을 알린다
네가 없으면 내가 없다
여기 아무도 없다 산꼭대기도
산꼭대기에 오른 자도 쓸쓸한 자도 없다
우주에 주소가 있는가

물은 오다가 가다가 웃다가 울다가
물 떨어진 곳이 명일동 지하철역
거기서 30-1 버스를 타면
주몽학교 옆 삼성그린빌라 101동 203호
이 아리송한 숫자들과 희미한

불빛이 흘러간다 참 따스하다

다 버리고 놓고 온 눈길이 자꾸 발에 밟혀
눈도 눈길도 다 버리고 온 하얀 배
구름이 아니다 빈 하늘에 하늘이 어디 있는가
반짝이는 건 다 별…… 은하수
쓸쓸한 날은 산으로 간다
날마다 산으로 간다 산은 참 신기한
수상산 승상봉 2041고지
낙락장송 하나
밤낮으로 별과 벌이 와서 놀다 간다

고주목

나에게 고독 대신 고목 남겨 두고
나 돌아간 뒤
내 곁에 국화꽃으로 피어
나를 위한다 위로한다 마라
하늘에는 구름만 피고
바람만 불고

삶이 죽음보다 젊다
똥밭에 뒹굴어도
이 똥이 죽음보다 좋다
죽어서 사는 것은
죽어서 볼 일이고

고주목
너의 삶과 죽음의 길이로
빨갛게
나의 하늘을 재라!

쑥

쑥은 살아 있다
만년 태풍이 휩쓸고 가도
파란 하루는 살아 있다
밤이나 낮이나 쑤욱
기적처럼 고개를 드는
부드러움의 힘
파란 숨결 파란 솜털
너를 뒤집으면 나
나를 뒤집으면 너
엎치락뒤치락 쑥대밭
죽을 둥 살 둥 너와 나의 사랑
너의 몸은 쑥과 마늘과 곰의 동굴
사랑은 천년 동굴 속 첫 하늘 열기
하루 하루
너와 나
첫사랑!

다 놓치고 나니

잠자다가 잠자리를 놓쳤다
잠도 잠자리도 밤도 어디론가 날아가고
눈에 은하수가 자리했다

반짝이는 것은 모두 별
나는 것은 모두 새다
아름다운 것은 모두 나비다

딱따구리 나무를 쪼듯
자판에 글자를 쫀다
독수리 타법?
나는 독수리와 딱따구리다

잠자다가 잠자리를 놓쳤다 다 놓치고 나니
내 눈과 은하수에는 잠과 잠자리와
별과 새와 나비와 독수리가 산다

고흐의 해바라기

반 고흐의 해바라기가
고덕동 병원 뒤에 피었다
하오의 언덕에 가을 불꽃이 피었다

가을 산의 꽃은 단풍이거나
마른 산의 산불이거나
소방차이거나
상여 위에 피어나는 저승꽃들

때때로 계절은 참 어울리지 않는 일을
서슴지도 않고 서리도 없이 불쑥 내민다
언제는 해가 없었냐는 듯이
언제는 해바라기가 없었냐는 듯이

고흐의 화로는 재까지 불꽃이다
갈대는 눕지 않는다 불탄다
하늘로 간다

도라지 손수건

도라지는 찔레꽃 너머
산자락 황토밭에 산다
초등학교 2학년 여학생처럼 도라지꽃은
마냥 하얗고 수줍다. 수줍다 못해 보랏빛으로
웃음을 머금으면, 하얀 나비가 맨 먼저 찾아온다
봄소풍 나온 시골 아이들이나 도시락 보자기들
엎치락뒤치락 들판은 온통 꽃잔치
이런 풀밭 사랑놀이에는 여드름 난 아저씨나
호랑나비는 찾아오지 않는다

그래서 도라지꽃은 한번도
떠나지 말라고 말하지 않는다
고개를 돌리지 않는다 고개를 숙이고
웃음을 보이고 하얀 손수건을 접는다
아버지가 말한 대로 시집가고 아이 낳고
잘살고 시집살이 죽도록 자식들 잘되라고
봄마다 찔레꽃으로 질질 짜고…… 찔레꽃 너머
도라지는 산자락 황토밭에 핀다
항상 보랏빛 웃음 보이고
하얀 손수건을 흔든다 흰 나비들처럼

한 오십 년 외지에서 떠돌다 고향에 돌아온다
미당과 함께 선운사 술집 여자의
목쉰 육자배기나 동백꽃 꽃울음을 듣는다
6.25 때 인민군으로 끌려간 애인 기다려
평생을 울음으로 살았다던 찔레꽃 이야기를 듣다가
"찔레꽃 붉게 피는……"은 거짓말이여
찔레꽃은 항상 하얗게 핀다고 핏대를 올린다
비틀거리는 작달비 속에서 문득 도라지꽃을 본다
하얀 컬러의 초등학교 동창 여학생이 걸어온다

모든 사람의 고향은 초벌구이 황토 흙
모든 마음의 고향은 초등학생
거기 피어나는 봄의 이름, 도라지꽃
아무 예쁠 것도 없이 가슴속까지 애려 오는
무명천으로 만든 어설픈 사랑의 색깔
두고 오기보다는 울고 온 무명 손수건 같은
보내기보다는 기다림으로 선
지쳐서 돌아오는 모든 이를 위한 하얀 이정표

산길을 가다 보면

산길을 가다 보면
따라오는 발자국 소리
돌아보면 떡갈나무 은사시나무
뒤에 숨어 까꿍 까꿍 뚝딱 뚝딱
새소리 낸다

날개는 새가 있다
날아간 것들은 다 철새가 되어
처마 밑이나 나무둥지
혹은 속눈썹 사이로 돌아온다
돌아간 것들은 돌아온다

산길을 가다 보면
눈꽃이 눈앞에 핀다
뒷산 거북바위 옆이나 떨겅이 사이
참꽃이 숨어 웃는다
참꽃은 초경 직전 초등학교 5학년 여학생
그 빨간 볼 사이 떨리는 꽃잎

물가에 서 있는 소녀, 멀리 가지 마

물도 멀어지면 눈물이 된다
눈물 글썽글썽 속눈썹 이슬이나
참꽃은 항상 눈앞에서 핀다
참꽃의 시간은 늘 봄

참꽃은 따먹어도 따먹어도 배고픈
시장기
부처님이 먹는 떡
고요에 들기 전

거울

나의 늙어 가는 얼굴을 제일 참지 못하는 건
거울이다, 거울은 늘 차겁고 딱딱한 어투로
빤히 나를 쳐다보며 날마다 나의
여윈 볼을 꼬집고 주름을 못질한다
어쩌면 눈썹까지 빠지고 이렇게 희미한 녀석이 될 수가
있느냐고
이러다가 산 채로 미라가 되는 것은 아니냐고 다그친다
술 먹고 들어온 밤은
화장실에 들어서자마자
눈탱이가 밤탱이 되도록 두들겨 팬다
그리고는 금방 얼룩말의 생간을 빼 먹은 시뻘건 입으로
비틀거리는 나를 통째 집어삼킬 듯 노려본다
앞이 깜깜해지는 우주와 작별하며
나는 조용히 으서지는 나의 목뼈를 바라본다
피가 튀는 목 언저리로 신음 소리가 끙끙댄다
마지막 숨통을 향해 송곳니가 다가오는 순간
"이건 꿈이다, 꿈……"
번쩍 눈을 뜬다
누가 눈을 뜨는가
거울이?

달아나는 짐승이?

나이테

나, 이 테를 벗어나고 싶어
다람쥐 쳇바퀴 벗어나고 싶어
하루 24시간 한 달 31일 일 년 365일
고개 한번 돌리면 1년이 가는
이 질긴 훌라후프를 벗어나고 싶어
살이 찌면 어때? 늙으면 어때?
다 벗고 버리고 돌아가
내 고향 화순 이서 천년 은행나무와 동무하고
그 등에 얼굴 묻고
한 천년 숨 쉬고 사랑하고 푸르고 싶어
영생은 말고 그저 늘 내일이 보이는
천년 푸른 숨결 푸른 눈길로

나, 이 테를 벗어나고 싶어
돌고 돌아 다시 자기 나이에 묻히는
어지러운 윤회의 굴레
다 벗고 버리고 돌아가
내 고향 화순 이서 은행나무와 동무하고
그 등에 얼굴 묻고
한 몸 되어,

용태야
응, 나 여기 있어!
여기 이대로

하늘이 심심해서 땅에 놀러 올 때까지

생솔가지

산에 갔다가 뭘 빠뜨리고 온 것 같아 자꾸 뒤를 돌아본다. 어머니는 버리고 아이만 왔다. 아이는 버리고 노인만 왔다. 사람은 버리고 바람만 왔다.

고려장에 실려 가던 어머니, 자식이 돌아올 길 잃을까 봐 생솔가지를 던져 놓고 갔다고…… 산에 가면 누가 뒤따라오는 발자국 소리가 있다. 뒤돌아보면 가랑잎이 치맛자락을 숨긴다.

산소에서 돌아오는 길은 구름만 떠가고 뒤돌아 오는 시간은 없다. 이따금 빛바랜 솔가지 사이로 내 돌아갈 길 보이는 거 같아.

가랑비가 가랑잎에게

가랑비가 가랑잎 귀에 속삭인다
가랑잎 눈물 그렁그렁
가만 가만 물이 흐른다
여름 가고 가을 가고

가랑비가 가랑잎 되고
가랑잎이 가락지 되고
동그랗게 동그랗게
그믐달에 찍히지 않게

시간이 절간에게 속삭인다
절이 목어에게 속삭인다
둥글게 아프지 않게
고요가 고요히 고요에 들게

절

구름이 비를 내린다
하늘이 가벼워진다
시간이 비를 내린다
주름이 가벼워진다

외톨이나 도토리나
나 다 다람쥐에게 주고
달아나는 모든 것들에게
손 흔드는 구름 되어 비 되어

간다 간다 산 절로 물 절로
홀로
절로 간다

제4부

이상한 마을

내가 사는 마을은 이상하다
난 이 마을을 떠난 일이 없는데
나는 너무도 멀리 떠나온 것
내 몸에 어린애는 가고 노인이 산다
마을에는 갈수록 물 부족
가슴이 막힌다

가을 하늘이 코를 뻥 뚫는다
눈에 파란 물이 든다
손을 들면 두 팔에 파란 물이 흐른다
들에 누우면 나는 그대로 강물
일어서면 서서 가는 물기둥
물방구 풀벌레가 귀를 잡고 늘어진다

이도 저도 지치면 나는 잠깐 몸을 시냇물에 두고
두 발을 하늘로 쳐든다
나는 분수
내 구두는 뜬구름

쇠똥구리

해가 소 등으로 지는 것을 본 일이 있소?

소가 똥을 눌 때는 풀을 먹을 때요 소에게는
먹는 것과 싸는 것, 사는 것과 죽는 것이 하나
쇠똥구리나 말똥구리나 다 하나요

그때 쇠똥구리가 똥을 굴리러 나오는데
주섬주섬 느릿느릿 사람 눈치를 보거나 무서워하지 않소
쇠똥구리는 굴리고 가지만 그의 사촌 격인
풍뎅이나 별똥별들은 풍덩 웅덩이에 빠지는 게 일이요

이것은 내가 학교 끝나고 소에게 풀을 뜯기러 가던
우주 아이 시절에 논두렁에서 본 관찰인데
이집트에서는, 글쎄, 쇠똥구리가 해의 사자, 부활의 신
이라는구려

해가 나일 강의 서쪽에서 져서 동쪽으로 다시 뜰 때
해를 굴려 똥으로 굴리고 똥을 굴려 해로 뜨게 하는
수레바퀴를 우리 쇠똥구리 말똥구리가 굴리고 있다는……

해가 소 등으로 지는 것을 본 일이 있소?

遠山*이라 이름 지어 주신 未堂께 멀리서 감사
드리며

먼 산에서는 산과 구름이 하나가 된다
먼 산에서는 사람도 구름에 지팡이 짚고
머리도 수염도 구름에 맡기고
산도 우산도 없이 우주에서 논다
논다기보다는 넘나든다
산과 삶과 세상 밖을

봄은 먼 산에서 온다 봄비는
먼 산에서 오는 봄의 발자국
가까이 오면 얼굴을 아지랑이로 감춘다
주위를 서성이며 꽁꽁 언 마음 살피다가
산자락에 치마폭 찢겨 진달래꽃 무더기로 쏟아 놓는다
이내 마음을 들킨 봄은 다정하게
산과 들에 앉아 빨강 노랑 이야기꽃 피운다

사실 산 마음은 눈에 보이지 않는다
산 전체는 손에 잡히지 않는다
산은 손과 눈에서 멀어질 때
산은 산이 되고 물은 물이 된다
산의 본 모습은 먼 산, 눈먼 산

거기에서는 산도 구름도 사람도 하나

●원산(遠山): 먼 산.

내 고향 차동에서는

내 고향 차동에서는
비 오면 하늘에서 미꾸라지가 떨어진다
눈 오면 하늘에서 떡가루가 쏟아진다

내 고향 차동에서는
내복 깃이 오래되면 이가 되고
쌀이 오래되면 쌀벌레가 되고
된장이 오래되면 구더기가 된다

그보다 제일 신나는 건 초저녁에 별 줍는 일
그때는 노란 설탕가루며 사탕들이 무더기로 쏟아진다
비법은 땅에 떨어지기 전에 줍는 일!
아이들이 사탕 주우러 고샅이나 산자락으로 부리나케 쏘
다니지만
항상 한 발자국 늦어 아무것도 줍지 못했던 나……
내일내일 하다가 서울로 올라오고 말았는데

지금도 내 고향 차동에는
있는 사람이 없는 사람 되고
없는 사람이 밤에 나타나고

사람이 무덤이 되고
밥이 물이 되고 발이 물이 되고
눈이 구름이 된다

어쩌다 한가위 때 고향 가면 남기고 간 땅도 집도 많고
하늘엔 아직 먹지 않은 별사탕들이 많고 많아
심지어 하늘 한가운데 큰 떡판까지 떡 버티고 남아 있는
걸 보면
저 떡을 언제 다 먹지
삼천갑자 정도는 살아야 저걸 다 치우지 하는 생각에 잠이
안 와

담장이덩굴

막걸리가 자라면 담장이덩굴이 된다
막걸리가 어깨동무를 하면
이마에는 파란 어린 시절이 돋고
묵은 별들이 내려와 세월의 눈물을 닦아 준다

담장이덩굴은 포도 덩굴이 되고
묵은 포도주도 포도 덩굴이 된다
나와 누워 놀던 스페인 첫사랑 18세 꽃띠 루시는
또 누구와 누워 자서 벌써 18세 아들을 두었는데
누굴 닮아 이놈이 밤낮 빵점만 받아 오냐고
무슨 팔자가 이런 팔자냐고 팔자걸음……
허허, 둘은 허리가 휘도록 눈물 나게 웃었다

아이도 늙은이도 나의 어깨동무
소녀도 할머니도 세월의 담장에 기대어 어깨동무
어깨에는 이끼 대신 늘 파란 이파리가 돋고
묵은 담장에는 봄마다 따스한 눈물이 열린다

정자나무

기다리면 다 지나가. 폭우를 피해 그 아래 잠시 머물렀던 사람들에게 귀띔해 준 말. 임자년 그 난리도 다 지나갔어. 오래 살려고? 목 빼고 서 있는 법, 말없이 기다리는 법을 배워야지. 철 따라 파란 눈을 뜨고, 가을 되면 날개를 접어야지. 달 뜨면 하늘 보구 해 뜨면 햇살과 놀고. 바람이야 제멋대로 오가는 것. 그냥 내 몸 맡겨 흔들려도 아무 일 없어. 태풍이야 기다리다 보면 또 지나가. 뿌리가 뽑힌다고 흙까지 죽나? 산다는 것은 기다리는 것. 늘 동구 밖에 나와 기다리고 있지. 돌아오지 않는 사람들이 너무 많아. 약속을 구름에 던져도 비 되어 내 이마에 다시 쏟아지고, 그래서 시방 한 오백 년 기다리고 있구먼. 돌아간 사람들 다 돌아오려면 아직 멀었어.

우리 환인 할아버지 혹은 하늘 쌈 한입

> 우주는 단지 흑암의 큰 덩어리였다. 물과 불은 잠시도 쉬지 않
> 고 서로 밀치며 움직이기를 수백만 년이나 했다. 한편 하늘에서
> 는 큰 주신(主神)이 있었다. 그분을 환인(桓因)이라 하는데……
> 그 형체는 드러내지 않고 가장 높은 하늘 한곳에 자리 잡고 있었
> 다. 그가 있는 곳은 수만 리 떨어진 곳, 항상 환하게 빛났으며……
> ─『규원사화(揆園史話)』 중에서

> 태초에 암흑의 바다가 있었다. 거기 성령이 움직이기 시작했다.
> "빛이 있으라!" 하니 빛이 있어 참 좋았다.
> ─『구약성서』「창세기」에서

아주 오랜 옛날에 하늘이 갑자기 환해지니, 해보다 달보
다 먼저 환한 돌하루방이 계셨으니, 이름하여 우리 환인 할
아버지이시다. 그때가 기원전 7197년경이었으니까, 지금
으로부터 9209년 전 일이다. 그보다 조금 뒤인 기독교 창
세기를 보아도 그와 비슷한 말이 있는 걸 보면 거기에도 우
리 환인 할아버지 이야기가 전해진 듯……. 어떻든 아주 오
래거나 아주 먼 것은 까마득한 지평선이나 수평선이다. 하
늘과 땅이 하나로 맞닿은, 하늘과 땅, 하늘님과 딸님, 글과
살이 하나로 이어져 있던 때였지.

하늘에는 풀 돋고 땅에는 별 솟는 제법 살 만한 우주였고,
겨울 되면 들어가 쉬고 봄 되면 삽 들고 일어나는, 모두 다
어리고 여리고 어리숙한 어진 어른들, 하늘 바라고 땅 파며
살았거니, 더러는 돌아가시고, 더러는 눈물바다를 마당으
로 모셔 오는 일이 있어도, 하늘은 마당 지키고, 돌아가신
이 돌아오는 이 맞이할 제상이나 차례상, 잔치국수나 봄비

86

는 꼭 마련해 놓는

　그러니까, 우리 마을, 우리 아버지, 우리 집, 우리 아내, 우리나라, 우리가 나였던 때였지. 우리 할아버지께서는 지게에 햅쌀을 잔뜩 짊어지시고, 재 넘고 고개 넘어 보성 복래 금융조합에 근무하던 우리 아버지 어머니를 찾아오곤 하셨다는데, 그때가 우리 집 2대 독자 이 사람이 눈뜨던 기원 후 1943년 1월 1일. 환인 할아버지 핏줄로 치면 9140년 뒤에 난 손자 중 손자이지. 어두운 시대에 태어난 환한 새 아기의 차돌 같은 미소가 옛 할아버지의 햇살 같은 햅쌀을 꼭 빼박았다고……

　나 어렸을 때 우리 어머니에게 한 중이 찾아와서, 이 집에 하늘에서 쫓겨난 아이가 태어났다고 말했다는 걸 보면, 그때 장난꾸러기 용태는 옛날 하늘에서 쫓겨난 환웅 할아버지의 손자의 손자의 손자뻘쯤 되었을까? 어떻든 우리는, 그러니까 우리 나는, 햇살 조금, 햇볕 조금, 햅쌀 조금, 살 조금, 모두모두 하늘에 싸서 만든 상추쌈, 우리 어머니 입에 들어온 하늘 쌈 한입으로 배부른 아들이었지.

장수하늘소

우리 환웅 할아버지가 하늘을 열면서 기원전 1565년 환
웅 시대를 열었는데, 제14대조 치우천황(蚩尤天皇)께서는
뚝심이 황소 같고, 머리통이 무쇠에 이마는 청동이라, 주변
국 황제 중에 당할 자가 없었다. 중국 황제 하나가 우리 치
우 황제와 싸우다가 얼마나 혼쭐이 났는지 평생 동안 베개
한번 베어 보지 못하고 돼지처럼 엎드려 지냈단다.

우리 치우 황제께서 싸울라치면, 하늘의 구름을 몰고 천
둥을 치며 구름 떼처럼 청동 군대를 몰고 쳐들어가는지라,
주위의 오랑캐 왕들도 창칼을 감추고 고양이 앞에 쥐들이
되어 쪼그라들었는데, 총 109년 간 재위하시고 151세까
지 살다가 하늘로 돌아가셨느니, 돌아가시면서 후손들에게
귀띔한 비결인즉,

머리는 잔머리 쓰지 말고 은근과 끈기로 담금질하라. 힘
은 뚝심이 최고이고 고기는 한우 황소가 최고라. 빨리빨리
하면 빨리 망하고 빨리 죽나니, 구름 몰고 천둥 치게 하는
데는 황소의 인내가 비약이니라. 황소처럼 이 악물고 차근
차근 느릿느릿 정성 들여 민족의 새 역사를 갈아라.

이런 유언을 남기시고 151세를 일기로 하늘로 가 하늘
소가 되셨단다. 그러나 우리 민족 반만년의 역사가 하도 경
망스럽고 조급하고 싸우고 아부하고 아우성이라, 하늘에

서 내려다보다 참다못해 박달나무에로 떨어져 나무뿌리로 연명하면서 아직도 참으며 후손들의 장래를 기다리고 계신다고……

　요즘은 장수하늘소가 아이들 애완용, 다리 자르고 목을 비트는 통에 죽을 지경이지만, 자기 손주 좋아하지 않는 할아버지 있을까. 그저 아무 일 없다는 듯이 아이들 말타기하라는 듯 엎드리고 있다가 아이들 잠든 틈을 타서 다시 박달나무 뿌리로 들어가서 동을 틔우신다. 내 어릴 적 잠에서 깨면 작은 봉창 사이로 노란 첫 햇살이 슬슬 기어들어 오던 기억이 있는 걸 보면, 그 빛이 그때 그분이 모든 사람에게 이로운 세상 만들라고 보낸 하늘소 군대였나?

안또니오

'또니오'도 '안또니오'도 내가 붙인 이름이었습니다
'용태'라고 우리 할아버지가 내게 붙인 이름처럼요
클레오파트라의 애인으로 부르고 싶었지요
또니오는 양평 할머니 품에 안겨
뒷발 꿈틀거림으로 12년 2개월 2일 낮까지 살았지요
그런데 또 안또니오가 12년 2개월이 되자
누워서 밥을 받아먹는 신세가 되었습니다

밥을 안 주면 소리 소리 지르고
특히 전복과 멜론을 맛있게 먹어요
전복 하나가 만 원이 넘고 겨울 멜론은 이만 원이 넘어요
아내는 내 눈치를 보며 계속 만 원 이만 원……
안또니오는 전복과 멜론이 오면
못 쓰는 두 다리를 질질 끌며 혀를 널름거립니다
새벽에는 늘 깨어선 잠을 안 자요

안또니오 초상 앞에 클레오파트라가 제상을 차립니다
닭다리와 전복과…… 아내의 눈은 눈물바다입니다
아, 개트림도 절름발이도 토하지도 않는 인생은 없을까요
사람들의 아쉬움 속에 멜론 속 같은 그리움

바다 속 깊은 전복의 미소로 남는,

죽음 죽이는 그런 삶은 죽음뿐인가요?

거북이

거북이가 가장 장수하는 것은 늘 등에 바위를 업고 살기 때문. 등이 바위가 되도록 삶을 지탱하다 보니 그 잘 가던 시간도 눌려서 그만 거북이 발밑에 꼼짝 못 하고 잡혀 있다. 거북이가 물고기가 되어 헤엄쳐 다녀도 시간은 못 빠져나간다. 아무리 빨리 가도 거북이는 결코 한눈파는 일이 없다. 두 눈을 안으로 뜨고 늘 경계하고 사색한다. 잠을 잘 때도 거북이는 바위 위에 바위를 덮고 잔다. 그러나 영겁의 문이 찰나에 있듯 거북이가 영원히 무게만 잡고 버티고 있는 것은 아니다. 햇살 하나 목덜미 간지럽히면 긴 목 뽑아 한 바퀴 휘이 둘러보고, 아무도 안 보면 햇살아 놀자 도리도리 짝짜꿍

나무늘보

　나무가 느리냐 늘보가 느리냐 서로 늘보 경주를 하기로 하였는데 늘보가 먼저 가 구름 위에 올라 한잠 늘어지게 자고 있었다. 나무가 쉬엄쉬엄 구름 거쳐 달에 올라 계수나무와 짝짜꿍하고 있는데 늦게 온 늘보가 심통이 나서 달을 물어뜯었더라. 피하고 피하다 그믐달 한 귀퉁이에서도 버티지 못하고 사랑 나무는 꼬리별 되어 그만 과떼말라에 떨어졌다. 그곳에서 나무는 땅에 뿌리하고 천년을 하루같이 깨 쏟아지는 별빛 사랑 나누고 산다. 늘보는 죽자고 나무에 늘어붙어 날마다 부비고 비비고 빌고 하지만 끝내 나무가 되지 못하고 백 년도 못 돼서 우울증으로 떨어져 죽으니. 여기 나무가 귀띔하는 장수 사랑 비결! 참으로 느리면 세월은 더더욱 느리게 가나니 참사랑은 늘 고요에 뿌리하고 숨결 나누기 숨 고르기

화장실 문화

"나는 똥이올시다"라는 시집을 낸 중광 스님은 똥이 되었다. "괜히 왔다 간다"는 걸레 스님의 떠나가시는 말 똥이었다. 똥이든 밥이든 결국 똥 취급당하다 가는 이승살이가 괜히 수고스럽기만 했단다. 엊그제 박경리님은 "버리고 갈 것만 남아서 참 홀가분하다" 하시고 가셨다.

버리고 갈 것은 다 버리셨는지, 안 그래도 홀가분하신 것인지는 불분명하다. 이 문제로 말하면 우리 아버지 또한 비극의 주인공. 이 산 저 산 선산 묘 비석은 다 새로 세우시고 선산 땅까지 장자인 내 이름으로 이전해 놓고 어느 뜨거운 여름 대낮 카바레 가는 길에 늘 타는 광주 지하철 속에서 우리 아버지 그만 바지에 실례했다. 그것이 창피해서 아버님은 삼 남매 자식들 알기 전 숨을 거두셨다. 2006년 여름 어느 매미 소리 뜨거운 대낮……

그날마다 누는 똥이 (안 누는 사람 있으면 나와 봐!) 그렇게 두렵고 부끄럽다면 똥을 아예 무서운 저승사자로 만들든가 어떤가. 그리고 그 앞에서 코를 막거나 인상만 찡그리면 바로 저승 가는 배에 태우든지 아니면 아예 그 얼굴에 똥칠을 해서 둥그런 똥 덩어리로 밤하늘에 떠 있게 만들든지…… 어떻든 차별 많고 분별 많은 우리 화장실 문화 확 바꿉시다!

똥밭에 뒹굴어도 이승이 저승보다 낫다? 일단 똥 누고 나
면 똥 버리고 화장지도 버리고 시도 버리고 이승도 버리고

자연히 자연스럽게

피로하면 누구나 아무 데나 눕지 않으리
가을 비탈 갈대밭에 몸을 누이고
긴긴 바람 소리 자장가 삼아 잠들지 않으리
그것이 죽음이라면 비나 눈이 오면 되고
외로우면 누구나 눈뜨고 싶지 않아
그래도 한 세월 겨울 맞고 봄 맞고
다들 꽃구경 오면 꽃으로 웃고
눈사람 만들면 눈으로 웃고
세월이야 새우젓처럼 삭이고 공들여
저잣거리에 내놓을 수 있지만
어쩌다 늦가을 풀벌레 소리
무덤마저 무너져 내리면
내 이 휑한 눈으로 또 어찌 그믐달을 맞으리
피로하면 아무 데나 누어
풍선이나 우주나 돌리고
심심하면 은하수 물가에 걸터앉아
피라미나 잡고 또 심심하면
풀벌레 소리 따라 풀피리 불리

내장산 돌림굿

가랑비가 가랑잎의
바짓가랑이를 잡고 늘어진다
도랑으로 가자고 도랑 가서
붕어 잡고 호박잎 뜯고
미꾸라지 잡고 고추 따고
보글보글 바글바글
잔치 찍고 고스톱 찍고
심심 쓸쓸 이 가을
인생 오후 반나절
팍팍 색칠이나 하자고

가랑비 가랑잎 소리
듣다 화난 내장산
확 단풍 터뜨린다

천둥벌거숭이

내 속눈썹 너머 지평선에는
천둥벌거숭이가 춤을 춘다
초겨울 바람이 나이테를 파고들면
내 몸 어딘가에 있는 영혼을 팔아
나이 어린 여린 소녀와 사랑에 빠지자
꿀빛 잠자리 꿈 천둥벌거숭이 춤
어차피 벼랑 앞에 설 것이라면
나이 눈치 내동댕이치고
나이테 거꾸로 돌아 젊음을 훔치자
나이 어린 여린 소녀와 눈이 맞아
영원을 훔쳐 달아나자
나는 어느 신과도 사랑에 빠지고 싶지 않다
나이테 거꾸로 돌아 젊음을 훔치고
나이 어린 여린 소녀와 사랑에 빠지자
어차피 절벽 앞에 설 거라면
어느 달마도 만나고 싶지 않다
어차피 천년도 못 사는 사랑이라면
어차피 천방지축 우린 우주 아이들
천당이든 지옥이든 천둥 번개 치든 말든

우리 안 불빛 하나로
천 길 어둠 벼랑 벼락 치듯
뛰어내렷!

무명 시인의 꿈

이경수(문학평론가)

1.

　모국어인 한국어와 제2의 언어인 스페인어로 동시에 시를 쓰며 평생을 살아온 민용태 시인의 이번 시집에는 '늙음'에 대한 사유가 깊이 드리워져 있다. 오랫동안 종사해 온 일에서 은퇴해 노년의 시간을 살고 있는 시인은 지나온 삶을 돌아보면서 유독 시와 시인에 집중된 사유를 보여 주는데, 그것은 늙음에 대한 인식과 맞물려 있다. 민용태 시인이 생각하는 "시인은 멀리 떠나도 항상 중심에 있"(「비센떼 알레익산드레」)는 존재이다. 그는 '학'의 이미지에서 시인의 형상을 발견한다. "학에게 말이 없듯이" "시인에게는 말이 없"고, 따라서 "시인과 학에게 말은 곧 행동"임을 그는 이번 시집을 통해 증명하고자 한다. 장황하고 난해한 말보다는 간결하고 단순한 언어를 그의 시가 지향하는 까닭은 이런 이유에서일 것이다. 자신의 글에 "들숨 날숨과" "손맛이 깃들어 있기를" 바라는 마음이야말로 민용태의 시관을 단적으로 드러내 준다. 몸의 흔적과 생활의 흔적이 깃들어 있는 시론이야말로 "시 쓰기가 생명 운동"임을 웅변하는 것으로 "에로티시즘"의 시학이라 불릴 만하다. "나의 삶이 남의 살로 갈 수 있"는 황홀한 체험을 민용태 시인은 꿈꾼다. (이상 「시인의 말」)

　　오래된 우물에서는
　　시를 퍼 올리기보다는 시체를 파내는 게 먼저다

　　회식이나 회갑 잔치, 노벨상이나 노망, 총장이나 송장
　　달력이 유일한 공증인인 일생보다는

　　느릅나무보다 느리게 버들가지보다 빈둥거리며
　　이끼 사이 빠져나가는 붕어 새끼들이나 들여다보고

　　누가 부르면 나가고 안 부르면 안 나가고
　　나뒹굴어져 시 우물이나 파다가 지치면 자고
　　　　　　　　　　　　　　　　　　　　　—「풍류」 전문

　　"오래된 우물"은 민용태의 시적 주체가 처한 상황을 단적으로 보여 준다. "시를 퍼 올리기보다는 시체를 파내는 게 먼저"인 현실에 그의 시적 주체는 놓여 있다. 시로 상징되는 서정과 낭만보다 시체로 상징되는 죽음에 가까워진 현실이 그에겐 오히려 더 가깝다. 그의 시적 주체가 처한 늙음이라는 현실은 "회식"이나 "노벨상"이나 "총장" 같은 명예로운 사회적 자아를 환기하거나 추구할 수도 있지만 그는 이내 "회갑 잔치" "노망" "송장" 같은, 늙음이 공평하게 가져오는 비루한 현실을 나란히 놓음으로써 자신이 처한 현실을 직시한다. 따라서 그는 "달력이 유일한 공증인인 일생", 즉 죽음을 기다리며 사는 노년의 모습보다는 유유자적하는 풍류객의 모습을 선택한다. "느릅나무보다 느리게 버들가지보다 빈둥거리며/ 이끼 사이 빠져나가는 붕어 새끼들이나 들여다보고" 사는 느리고 빈둥거리는 삶의 방식을 따르고자 하는 것이다. "누가 부르면 나가고 안 부르면 안 나가고/ 나뒹굴어져 시 우물이나 파다가 지치면 자고" 하는 삶에는 명예욕이나 권력욕이 끼어들 틈이 없다. 남은 생을 유유자적 한가로이 즐기고자 하는 시적 주체의 태도는 늙음이라는 현실 앞에서 삶과 죽음을 대하는 시적 주체의 성찰적이고 관조적인 태도를 드러내는 것으로 이번 시집 전체에 걸쳐져 있다. 민용태 시인에게 시가 차지하는 자리가 어떤 것이며 시를 쓰는 일이 어떤 의미를 지니는 일인지 이를 통해 짐작해 볼 수 있다. 남은 인생에서 그가 추구하고자 하는 것은 화려한 명예나 권력이 아니다. 스페인 문학을 전공하는 학자이자 교수이자 시인으로서 평생을 바쁘고 번잡하게 살아왔을 시인은 이제 남은 생은 느리고 한가롭고 빈둥거리는 삶을 즐기고자 한다. 자연 가까이에서 좋아하는 시 쓰기를 계속하되 지나친 욕심은 부리지 않으며 "나뒹굴어져 시 우물이나 파다가 지치면 자"는 여유 정도는 누리며 살기를 원하는 것이다.

이번 시집에는 유독 늙음이나 죽음에 대한 인식이 자주 눈에 띈다. 민용태의 시적 주체에게 인생의 "길을 간다는 것은 발뒤꿈치에 무덤 만들고 가는 일"이다. "무덤덤하게 무덤 만들고 뒤돌아 나온" 것이 인생길임을 "렌즈에서 안경, 안경에서 돋보기, 돋보기에서 안개"로 점차 노안으로 인해 시력이 떨어지는 것을 경험하며 살아온 시인은 자연스럽게 깨닫는다. "발뒤꿈치에 무덤 만들고 가는 일"은 시인의 표현을 빌리면 "귀신이 되어" 보는 일이다. (이상 「렌즈」)

> 늙음은 날벼락이나 담벼락이 아니다
> 능구렁이 담 넘어가듯 늙음은
> 집 주위를 어슬렁거리다가
> 쥐도 새도 모르게 벽을 넘어와
> 안방을 들여다본다
>
> 2013년이 뱀의 해라지만 뱀 입에서
> 내 나이 일흔이라는 말이 밥 먹듯
> 밥알처럼 튀어나오고 왼 눈 밑에 검버섯
> 오른 눈 아래 죽은 깬지 주근깬지 진을 치고
> 이마 위에 구렁이가 긴 자취를 남기며 기어간다
>
> 엊그제는 고덕산을 내려오다 눈길에 잠깐 미끄러진 것이

오른발 복사뼈 옆의 작은 뼈 하나가 부러졌다

"천하의 민용태도 늙으니 별 볼 일 없구먼!" 별별 소리 다
들으며

석 달 동안을 구렁이처럼 기어 다닌다

온몸으로 네 다리로(나는 가운뎃다리까지 다섯 다리라
고 우기지만……)

자의 반 타의 반 구렁이와 함께 살며 배운 것은

보기만 해도 징그러워 소름 끼쳐 하던 능구렁이가

사실은 날벼락이나 담벼락에 사는 게 아니라는 사실

요놈은 벌써부터 우리 집의 서까래나 처마 밑에 숨어 살다

봄에는 새알, 여름에는 참새, 가을에는 쥐를 잡아먹어

그렇다, 무서워할 것 없다

구렁이는 우리 집의 일부다

죽음이 삶의 일부이듯

ㅡ「구렁이」 전문

인생의 경험을 통해 시적 주체는 "늙음은 날벼락이나 담
벼락이 아니"라는 것을 깨닫는다. 날벼락처럼 어느 날 갑자
기 쳐들어오는 것도, 담벼락처럼 이전의 세계와 분리되어
완강하게 존재하는 것도 아니다. 그것은 오히려 "능구렁이
담 넘어가듯" "집 주위를 어슬렁거리다가/ 쥐도 새도 모르
게 벽을 넘어와/ 안방을 들여다"보는 것에 가깝다. 늙기 이

전의 세계에서 늙음의 세계로의 진입은 "능구렁이 담 넘어 가듯" 이루어지는 것이라서 경계를 나누는 담벼락 따위는 의미가 없어진다. 서서히 늙어 가는 몸처럼, 서서히 흐려지는 눈처럼, 늘 우리 몸 주변을 어슬렁거리던 늙음은 "쥐도 새도 모르게 벽을 넘어와" 우리 몸을 장악해 버린다. 늙음에 몸을 내준 후에야 비로소 늙어 버렸음을, 시간의 흐름에 지배되어 버렸음을 깨닫게 되는 것이다.

2연과 3연에서는 늙음이 몸과 건강 상태에 남긴 흔적을 보여 준다. 검버섯과 주근깨와 구렁이가 차지해 버린 몸은 늙음의 표상이며, 늘 다니던 고덕산에서 삐끗해 복사뼈 골절을 당한 사고도 늙음을 증거하는 사건이다. 나이가 들면서 젊은 몸에는 없었던 흔적이 하나둘 생기고, 젊을 때는 아무렇지 않게 했던 일상적 활동이 신체에 부담을 주고 마침내 사고를 일으키기도 한다. 늙는다는 것은 어쩌면 그렇게 별 볼 일 없는 것, 아니 인력으로는 어쩔 수 없는 것이다.

시골집에서는 구렁이가 서까래나 처마 밑에 숨어 사람들과 함께 사는 일이 비일비재했는데, 시적 주체 또한 그런 경험을 가지고 있었던 것으로 보인다. 그는 "자의 반 타의 반 구렁이와 함께 살며 배운 것"을 떠올린다. 그것은 "능구렁이가/ 사실은 날벼락이나 담벼락에 사는 게 아니라" "벌써부터 우리 집의 서까래나 처마 밑에 숨어 살"며 "집의 일부"가 되었다는 사실이다. "우리 집의 일부"인 구렁이를 두려워할 필요가 없었듯이, "삶의 일부"인 죽음 앞에서도 두려워할 필요가 없다고 시인은 말하고 싶은 것인지도 모른다.

구렁이와 함께 기거하는 삶으로부터 얻은 교훈이 시인으로 하여금 늙음이라는 현실, 즉 더 이상 젊지도 건강하지도 않은 몸의 상태를 받아들이게 한다. 그것은 늙음과 동거하는 것도 구렁이와 동거하는 것과 별반 다르지 않을 거라는 깨달음에서 비롯된 것으로, 삶의 일부로서 존재하는 죽음에 대한 인식이라고 할 수 있다.

> 기다리면 다 지나가. 폭우를 피해 그 아래 잠시 머물렀던 사람들에게 귀띔해 준 말. 임자년 그 난리도 다 지나갔어. 오래 살려고? 목 빼고 서 있는 법, 말없이 기다리는 법을 배워야지. 철 따라 파란 눈을 뜨고, 가을 되면 날개를 접어야지. 달 뜨면 하늘 보구 해 뜨면 햇살과 놀고. 바람이야 제멋대로 오가는 것. 그냥 내 몸 맡겨 흔들려도 아무 일 없어. 태풍이야 기다리다 보면 또 지나가. 뿌리가 뽑힌다고 흙까지 죽나? 산다는 것은 기다리는 것. 늘 동구 밖에 나와 기다리고 있지. 돌아오지 않는 사람들이 너무 많아. 약속을 구름에 던져도 비 되어 내 이마에 다시 쏟아지고, 그래서 시방 한 오백 년 기다리고 있구먼. 돌아간 사람들 다 돌아오려면 아직 멀었어.
> ─「정자나무」 전문

민용태 시인은 여전히 자연으로부터 깨달음을 얻는 시인이다. 폭우를 피해 머물렀던 사람들에게 잠시 비를 피할 수 있게 해 주던 정자나무로부터 시적 주체는 "기다리면 다 지나"간다는 불변의 진리를 배운다. 정자나무의 생태가 그러하듯이, 시적 주체는 "내 몸 맡겨 흔들려도" 동요하지 않으며 기다리는 법을 체득한다. "산다는 것은 기다리는 것"임을 칠순의 시인은 깨달은 것이다. 그것이야말로 그가 나이 들면서 체득한 사는 법일 터이다. "돌아간 사람들 다 돌아오"도록 "한 오백 년 기다리고" 서 있는 정자나무처럼 어떤 어려움도 기다리면 다 지나갈 것임을 시적 주체는 믿고자 한다.

2.

이번 시집에서 민용태는 시학의 본질이 에로티시즘에 있음을 웅변한다. 그는 자신이 쓰는 시에 "들숨 날숨과" "손맛이 깃들어 있기를" 바라는 것은 물론이고 "시 쓰기가 생명 운동"임을 역설한다. 그가 생각하는 "이상적인 시적 전달"은 "나의 삶이 남의 살로 갈 수 있"는 것인데 이것이야말로 민용태 시인이 생각하는 에로티시즘일 것이다.(이상 「시인의 말」) 일찍이 조르주 바타이유는 금기와 위반으로서의 에로티즘에 대해 역설했지만 민용태 시에 드러나는 에로티시즘의 미학은 주체와 대상 간의 관계에서 발생하는 것으로 볼 수 있다.

해를 걸어 놓고

사랑을 한다

해는 개처럼
너와 나의 발등을 핥는다

둘은 굼벵이
부둥켜안고 뒹군다

벌거숭이 햇살 벌거벗은 살에
네 살 내 살이 어디?

해처럼 새처럼 개처럼
불타고 날고 헐떡거리다

고요를 꽃처럼 떠받고
빨간 흑점으로 오르리

　　　　　　　　　　　　　—「태양초」전문

　태양초는 햇볕에 말린 고추를 의미하는데, 시인은 태양
과 고추가 만나 태양초가 되기까지의 과정을 에로티시즘의
관계로 이해한다. 태양과 고추와의 관계는 시적 주체와 대
상 사이에서 형성되는 관계로 대체 가능하다. 햇볕이 내리
쬐는 과정을 이 시에서는 해처럼 불타고 새처럼 날고 개처
럼 헐떡거리는 행위로 바꾸어 놓는데 이는 태양이 내리쬐는

모습을 좀 더 가시적인 물질로 전환하는 것인 동시에 마치 태양과 고추가 사랑을 나누는 모습을 연상시키기도 한다. 둘의 사랑이 불타오르면 주체와 대상은 하나 되어 "부둥켜 안고 뒹"굴며 "네 살"과 "내 살이", 주체와 대상이 구별되지 않는 경지에 이르게 된다. 일찍이 그는 산문집『시에서 연애를 꺼내다』에서 "시인은 사랑하지 않고는 시를 쓸 수 없는 존재"라는 시인관을 피력한 바 있는데, 민용태의 시에서 시적 대상을 대하는 시적 주체의 태도는 바로 이러한 사랑의 실천이기도 한 것으로 보인다.

　　나의 손가락에서 너의 눈자위까지
　　나의 입술에서 너의 귓바퀴까지
　　네 몸에 쓰는 나의 글씨는
　　콩닥콩닥 너의 가슴 두들기고
　　너는 피아노 나는 피아니스트
　　너와 나 사이 음악은
　　나의 손가락 끝에서 너의 속눈썹으로
　　나의 입술에서 너의 귓바퀴로
　　나의 손에서 너의 가슴으로
　　나의 몸에서 너의 골짜기로
　　어루만지듯 파고드는
　　너와 나 사이 음악은
　　　　　　　　　　　　―「너에게 쓰는 나의 시는」전문

나와 너의 자리에는 사랑을 나누는 연인이 올 수도 있고, 피아니스트와 피아노가 올 수도 있으며, 시인과 시적 대상이 올 수도 있다. "네 몸에 쓰는 나의 글씨"는 사랑의 전언이자 음악이자 시이다. 민용태의 시적 주체에게서 사랑과 음악과 시는, 에로티시즘과 시학은 분리되지 않는다. 피아노를 연주하는 피아니스트의 심정으로, 사랑을 나누며 교감하는 연인의 마음으로, 시적 주체는 대상과 관계를 맺으며 시를 쓴다.

숲을 거닐다 보면
등 뒤에서 발자국 소리가 들린다
돌아보면 소리는 은사시나무 뒤에 숨고
이파리 사이 눈빛만 반짝인다
상수리나무 위로 올라간 아이들은
가을에 상수리가 되어 떨어진다
그러나 가장 끈질기게
내 뒤를 밟는 것은 바람
사람은 바람이다 바람이 된다
돌아보면 나무도 나도 없고
나는 나무 나무아미타불
나무 잎사귀 바람이 염불을 한다
시를 쓴다

나의 시에는 내가 없다   ─「숲의 시」 전문

민용태의 시가 궁극적으로 꿈꾸는 경지는 이처럼 "나의 시에" "내가 없"는 경지가 아닐까 싶다. 그의 이번 시집에 종종 모습을 드러내는 숲은 그가 구축한 시적 공간이자 세계이다. 시의 숲을 거닐다 보면 등 뒤에서 발자국 소리가 들려오지만, 시적 주체가 돌아보면 소리는 은사시나무 뒤에 숨고 이파리 사이 눈빛만 반짝인다. "상수리나무 위로 올라간 아이들"도 "가을에 상수리가 되어 떨어진다". 숲 바깥에 존재하던 타자는 어느새 숲과 한 몸이 된다. "가장 끈질기게/ 내 뒤를 밟는 것은 바람"이다. 바람은 그 자체로는 형체가 없고 흔들림으로써만 존재를 증명할 수 있을 뿐이다. 그러니 "사람은" 바람이 되고 "돌아보면 나무도 나도 없"다. 숲의 시적 공간에서 시적 주체와 대상은 구분 없이 하나의 숲의 몸이 된다. 그곳에서 숲은 '나'를 지우는 "시를 쓴다".

나는 점이 아니다 길이다
너는 길섶에 핀 구름 아니면 들국화
바람이 조금만 일어도 너는 달아난다
하늘이 조금만 높아도 너는 날아간다
너를 따라 재를 넘는 길손
나는 길이다

길의 손에는 꽃 대신
시냇물이 고인다 흘러간
길은 모두 나의 이마를 거쳐

강으로 간다 강을 따라

시를 따라

따라가다 보면 바다

바다는 쉼표가 아니다 점이 아니다

먼 바다에서 또다시 나는 길을 떠난다

—「나는 길이다」 전문

　　민용태의 시적 주체는 고정되어 있거나 완성된 주체가 아
니라 대상과의 관계 속에서 형성되는 주체이다. "바람이 조
금만 일어도" "하늘이 조금만 높아도" 달아나는 대상을 따
라 "재를 넘는 길손"이 시적 주체인 셈이다. 그러므로 "나는
점이 아니"라 "길이다". 이 길은 대상과의 관계 속에서 이
동하며 만들어진다. "길의 손에는 꽃 대신/ 시냇물이 고인
다". 길이 이동 중이고 진행 중이라는 속성을 가지고 있는
것처럼 길의 손에 고이는 대상도 꽃처럼 고정된 대상은 아
니다. 시냇물처럼 고였다가도 이내 흘러갈 수 있는 대상만
이 길에 놓일 수 있고 길을 거쳐 갈 수 있다. "길은 모두 나
의 이마를 거쳐/ 강으로 간다". 이 길과 관련된 것들은 모
두 흐르는 속성을 갖는다. 그리고 마침내 "강을 따라/ 시를
따라" 바다로 간다. 민용태의 시에서는 바다조차 최종 종착
지는 아니다. "바다는 쉼표가 아니"고 "점이 아니다". 잠시
쉬어 가는 쉼표이기조차 거부하는 바다. 그곳은 머무를 수
없는 또 하나의 출발지에 불과하다. 그러므로 "먼 바다에서

또다시 나는 길을 떠난다".

3.

　민용태 시인의 이번 시집에서 눈에 띄는 특징 중 하나는
집요하리만큼 자주 시도되는 언어유희이다. 스페인어를 모
국어 못지않게 구사하는 이중 언어 사용자인 민용태 시인에
게 우리말 특유의 말맛은 유독 더 특이하게 인식되는 것인
지도 모르겠다. 한국어를 모국어로 사용하는 대부분의 사
용자들이 의미의 장벽에 가로막혀 소리의 유사성에 덜 예
민할 수도 있다면, 이중 언어를 구사하는 민용태 시인은 그
러한 편견에서 좀 더 자유로운 것처럼 보이기도 한다. 의미
이전에 소리 자체의 감각에 좀 더 예민한 시인은 언어유희
를 자유자재로 구사하며 웃음을 유발하기도 하고 새로운 의
미와 음악을 자아내기도 한다.

　　쉰 넘어 하늘을 알면서 나는 내가
　　시시한 시인임을 안다, 많은 사람이 되고 싶었던 나, 특히
　　시인이 되고 싶었던 나, 사랑에 울고 가난에 울던 소월은
　　싫었다. 서른세 살에 십자가에 못 박혀 죽은 사람도
　　서른여섯에 총 맞아 죽은 로르까도 싫고
　　돈 끼호떼와 세르반떼스 중 누구를 고르라고 하면
　　일곱 번 이상을 감옥에 가고 가난에 찌들다가 배고파 죽은

세르반떼스보다는

　　한 번도 감옥에 안 간 돈 끼호떼가 되고 싶었다

　　유명한 돈 끼호떼보다는 난 실은

　　무명 시인 우리 아버지가 되고 싶었다.

　　시골에서 태어나 시골티를 한번도 안 벗은

　　그래도 광주 카바레에서는 백구두 신사로 날리던

　　우리 아버지 알든 모르든 수많은

　　여인들에게 수많은 사랑을 받은

　　'번지 없는 주막'의 이름 없는 명가수 우리 아버지

　　지금은 기꺼이 잊혀지고 있는 무명 시인의

　　여든세 살을 산 삶과 그 위대한 시시함을

　　나도 시래깃국처럼 맛있게 살다가

　　한 백서른세 살쯤

　　아무 일 없는 바람의 이름으로

　　바람에게 마침표를 가르치고

　　위대한 시는 무슨……

　　시시하게 시시하게, 아무 신도 시새움 안 하게

　　말띠답게 멋진 말이나 하나 타고 구름 타고

　　그전에 우리가 거기서 왔다던 북두칠성이나 한번 다녀

오든지

—「시시한 시인」 전문

　　모든 시인은 시를 쓰는 순간 최고의 시인이기를 여전히
꿈꿀 것이므로 "시시한 시인임을 안다"는 그의 고백은 시가

114

된다. 지천명(知天命)을 지나면서 시인은 자신이 시시한 시인임을 알았다고 고백한다. 많은 사람 중에서도 특히 시인이 되고 싶었던 그이지만, "사랑에 울고 가난에 울던 소월은/ 싫었다"고 한다. 한국을 대표하는 서정시인 소월이 싫다는 것은 사랑에 울고 가난에 우는 청승이나 감상이 싫다는 취향의 표시이기도 하겠지만, 소월과는 다른 시적 선택의 길을 가겠다는 암시이기도 하다. 예수의 희생도, 아마도 예수로 상징되는 기독교도 그를 매혹시키지는 못했으며, "서른여섯에 총 맞아 죽은 로르까"의 비극적인 삶도 닮고 싶지 않았던 듯하다. 세르반테스보다는 돈키호테가 되고 싶었다는 시인은 사실은 유명한 돈키호테보다 "무명 시인 우리 아버지가 되고 싶었다"고 고백한다. 그가 되고 싶은 시인은 "시골에서 태어나 시골티를 한번도 안 벗"었지만 "광주 카바레에서는 백구두 신사로 날리"며 수많은 여인들의 사랑을 한 몸에 받았던 아버지의 위대한 시시함을 본받은 행복한 시인이다. 비극적 삶을 산 천형 같은 시인을 감당하기엔 어쩌면 민용태 시인은 아직도 천진난만하거나 풍류가 너무 많은지도 모른다. 아니, 시시한 인생이야말로 위대한 것임을 일찌감치 깨달았기 때문일지도 모르겠다. "아무 신도 시새움 안 하게" "시시하게 시시하게" "아무 일 없는 바람의 이름으로" 쓰는 시. 이것이야말로 민용태 시인이 쓰고 싶어 하는 바람 같은 시이다.

　　세상사 다 시다, 시들 시들 하지만

여기 고덕동에는 고독보다 돌이 둘이 산다

독새기보다는 독새풀 돌미나리 돌배……

밤도 많지만 개암도 천지다

심지어 어린 시절 심산유곡에 두고 온

으름덩쿨까지 울며 울며

수상산 승상봉까지 따라와 있다

엊그제 포리똥인가 보리수 열맨가가 너무 많이 열렸기에

"여기 이거 암에 좋아요!" 소리쳤더니

모든 가지에 **뼈**만 남겨 놓았다

뼈만 남아 왼손을 안고 운동 열심히 하던

노신사는 요즘 몇 달째 보이지 않는다

나에게 늘 "싸랑해요!" 하트 모양을 그리던

할머니도 그림을 그만두었는지 보이지 않는다

여기 물음표는 고사리뿐

고사리만 고개를 숙인다

세상사 다 시들 시들 하지만

—「고덕동 새벽 산보길에서」 전문

　음가가 비슷한 말로 이어지는 말장난 같은 언어유희에 예
외는 없다. 민용태의 시적 주체에게 시는 고귀하고 엄숙한
대상이라기보다는 평등한 언어유희의 대상이 된다. 아니,
시를 무엇보다도 아끼기 때문에 언어유희의 대상으로 삼았
다고 말하는 것이 더 정확할지도 모르겠다. 민용태의 시적
주체는 어느 것에도 특권적인 자리를 내어 주려고 하지 않

116

는다. 시도 물론 예외는 아니다. 바로 그런 태도로부터 "세상사 다 시다"라는 인식이 솟아오른다. "시들 시들"한 것은 세상사이면서 동시에 '시들'이다. "고덕동"에서 "고독"으로, 다시 "돌", "둘"로 이어지는 말장난, "독새기"에서 "독새풀 돌미나리 돌배"로 이어지는 말장난은 기본적으로 소리의 유사성에 기인하지만, "밤"과 "개암"처럼 때로는 소리의 유사성이 아닌 형태나 의미의 유사성이 끼어들기도 한다. 이러한 구조는 "으름덩쿨"에서 "울며 울며"로, "수상산"에서 "승상봉"으로 이어지는 소리의 유사성 뒤에 "포리똥"과 '보리수 열매'라는 형태의 유사성이 배치되는 데서도 드러난다. "물음표"에서 "고사리"로 이어지는 형태의 유사성이 언어유희와 자연스럽게 어우러지는 것은 소리의 유사성과 형태 및 의미의 유사성이 나란히 배치된 이 시의 구조가 전제되어 있기 때문이다. "세상사 다 시들 시들 하지만" 그것이 또한 시임을 그는 말장난에 기대어 유머러스하게 표현한다.

4.

시에 위대한 시시함이 있다고 믿는 민용태 시인의 관점에는 생활에 대한 긍정의 태도가 깔려 있다. 그에게 시는 범접할 수 없는 위대함이나 운명적 무게를 지닌 것이기보다는 시시하지만 무시할 수는 없는 생활 속에서 쓰여지거나 대상에 대한 사랑으로부터 솟아 나오는 것이다. 시시하지만 그야말로 '위대한 시시함'이라 부를 만한 생명력을 시는 가지고 있다. 시시하기 때문에 위대한 것이라는 형용모순이 가능한 것이 또한 시의 세계이기도 하다.

실제로 민용태의 이번 시집에는 생활 속 공간이 종종 모습을 드러낸다. 시인이 기거하는 곳으로 추정되는 고덕동과 그가 집에서 가까워 자주 오르내리는 고덕산을 비롯해 추억이 어린 장소로 추정되는 수상산 승상봉 등이 그의 시에 주로 출현하는 장소이다.

> 고덕산을 고독산으로 읽는 건
> 여기 맨몸으로 선 미루나무들
> 그러나 그 파란 눈빛을 읽지 않아서이다
> 날마다 지나가는 산길에
> 눈길 한번 주고 가지 않는 사람아
> 가을 되면 더욱 커지는 내 큰 키와
> 갈수록 벌거숭이 내 몸을 안아 달라고는 안 하마
> 더러 밤송이에 찔리는 발이 있거들랑
> 발길 한번 돌려 여기 파란
> 이웃들이 있음을 눈여겨봐 주렴
> 바위도 겨울 되면 백발이 되고
> 하늘도 돌아앉아 새끼나 꼬는
> 고덕산 언저리 고독한 세월의 무늬는
> 그래도 살아 있음의 누이와 이웃이 있어
> 더욱 깊어지는 따스함의 증표이니

다들 여기 운동 나와 산에 오르면

다들 웃고 서로 인사들 하고

더러 잊고 모른 척 지나가는 사람 뒤통수에

뾰루퉁해지는 미루나무 눈빛도 느끼라

고독이나 우울은 홀로 파고 홀로 들어앉은 우물

여기 고덕산에는 우물 대신 졸졸거리는 샘물만 많다

소근소근 소근대는 가랑잎만 있다

오다가다 인사하고 푸른 하늘 향하여 손 흔드는

여기는 미루나무와 밤나무 그 이웃들이

오손도손 한데 모여 산다

—「고덕산」 전문

고덕산을 비슷한 음가에 기대 "고독산"으로 읽기는 쉽겠
지만 그것은 고덕산을 제대로 모르는 것이라고 시적 주체는
말한다. 어쩌면 그 또한 처음에는 고덕산을 "고독산"으로
읽었을지도 모른다. "맨몸으로 선 미루나무들"이 그런 오독
을 부추기기도 하지만 그것은 "그 파란 눈빛을 읽지 않아서
이다". 고덕산을 오가는 사람들은 많지만 "날마다 지나가는
산길에/ 눈길 한번 주고 가지 않는 사람" 또한 많다. 고덕
산이 고독해 보이는 건 사실 이들 때문이다. 날마다 지나가
는 산길에도 눈길 한번 주지 않는 사람들이 고덕산을 "고독
산"으로 만드는 것임을 시적 주체는 직감한다. 그러나 시적
주체의 시선은 그리 부정적이지는 않다. "고덕산 언저리 고

119

독한 세월의 무늬는/ 그래도 살아 있음의 누이와 이웃이 있어/ 더욱 깊어지는 따스함의 증표"라고 말하는 시선에서는 생활에 대한 긍정과 온기가 전해져 온다.

따스한 긍정의 시선은 생활의 경험으로부터 나온 것이다. 고덕산에 운동 나와 산에 올라 본 사람만이 모르는 사람끼리도 "다들 웃고 서로 인사들 하고" "오손도손 한데 모여" 사는 이웃의 온기를 알 수 있다. "더러 잊고 모른 척 지나가는 사람 뒤통수에/ 뾰루퉁해지는 미루나무 눈빛도" 늘 미루나무를 보며 반갑게 인사해 본 경험을 갖고 있지 않고는 느끼기 어렵다. 고덕산에는 "홀로 파고 홀로 들어앉은 우물"인 "고독이나 우울" 따위가 생길 수 없음을 시적 주체는 경험을 통해 안다. "우물 대신 졸졸거리는 샘물만 많"은 고덕산에는 어느 것 하나, 누구 하나 고이지 않는다. 운동한다고 오가는 사람들과 "소근대는 가랑잎"과 "오다가다 인사하고 푸른 하늘 향하여 손 흔드는" "미루나무와 밤나무 그 이웃들이" "오손도손 한데 모여" 사는 바로 이곳에서 민용태 시인의 시심은 솟아 나온다.

첫눈 올 때까지 손톱에 꽃물이 지워지지 않으면 첫사랑이 이루어진다던 봉숭아는 서울에 시집와서 생활의 철인 3종 경기를 하다 그만 허리가 부러져 누워 버렸다. 봉숭아는 꽃보다는 몸을 으깨는 생활 전선의 손톱이 되고 싶었지만, 하루 9시간 철인 경기는 손톱도 등도 다 닳고 허리마저 부서져 누웠다. 비스듬히 누워 편히 등을 기댈 장독대도 없고, 벌 나

120

비마저 날아오지 않는 아파트 철창에 화분 되어 걸쳐 있는
봉숭아. 꽃보다는 차라리 찬란한 스마트폰이나 값비싼 월
급봉투가 되고 싶다.

　아파트에 아파 누워서 손톱에 꽃물 들이는 봉숭아. 지금
봉숭아가 기다리는 것은 나비가 아니다. 고층 복합 빌딩에
서 걸려 오는 전화벨 소리…… 손톱 위에 초승달인지 그믐
달인지 웃고 있다.

—「서울에 시집온 봉숭아」 전문

　"쓸쓸한 날은 산으로" 가는 민용태의 시적 주체에게는 "다
버리고 놓고" 왔는데도 "자꾸 발에 밟"히는 추억의 장소가 있
다. 그곳은 시적 주체에게 "참 따스"한 곳으로 인식되는데 아
마도 거기엔 아련한 첫사랑과도 같은 추억이 서려 있어서일
것이다.(이상「수상산 숭상봉」)

　인용한 시에는 "첫눈 올 때까지 손톱에 꽃물이 지워지지
않으면 첫사랑이 이루어진다던 봉숭아"에 관한 속설을 믿던
어리고 순수한 소녀가 "서울에 시집와서 생활의 철인 3종 경
기를 하다 그만 허리가 부러져 누워" 버린 사연이 등장한
다. 고된 서울살이에 순수함은 온데간데없어지고 허리에
병을 얻어 누워 지내는 신세가 된 여인을 봉숭아에 비유한
이 시는 세태 풍자적인 성격을 드러내고 있다. 고된 서울
의 시집살이를 "생활의 철인 3종 경기"라 표현하거나 "봉숭
아는 꽃보다는 몸을 으깨는 생활 전선의 손톱이 되고 싶었"

다거나 "꽃보다는 차라리 찬란한 스마트폰이나 값비싼 월급봉투가 되고 싶다"는 데서 세태에 대한 풍자가 잘 드러난다. "아파트에 아파 누워서 손톱에 꽃물 들이는 봉숭아" 같은 구절에서는 "아파트"–"아파"로 이어지는 말장난(pun)을 통해 '봉숭아'로 비유된 여인의 비극적 삶에 웃음을 슬그머니 끼워 넣는다.

한 오십 년 외지에서 떠돌다 고향에 돌아온다
미당과 함께 선운사 술집 여자의
목쉰 육자배기나 동백꽃 꽃울음을 듣는다
6.25 때 인민군으로 끌려간 애인 기다려
평생을 울음으로 살았다던 찔레꽃 이야기를 듣다가
"찔레꽃 붉게 피는……"은 거짓말이여
찔레꽃은 항상 하얗게 핀다고 핏대를 올린다
비틀거리는 작달비 속에서 문득 도라지꽃을 본다
하얀 컬러의 초등학교 동창 여학생이 걸어온다

모든 사람의 고향은 초벌구이 황토 흙
모든 마음의 고향은 초등학생
거기 피어나는 봄의 이름, 도라지꽃
아무 예쁠 것도 없이 가슴속까지 애려 오는
무명천으로 만든 어설픈 사랑의 색깔
두고 오기보다는 울고 온 무명 손수건 같은
보내기보다는 기다림으로 선

지쳐서 돌아오는 모든 이를 위한 하얀 이정표
　　　　　　　　　　　　　　　—「도라지 손수건」 부분

　"한 오십 년 외지에서 떠돌다" 돌아온 고향에서 시적 주체
는 무명의 "도라지꽃을 본다". 그것은 "하얀 컬러의 초등학
교 동창 여학생"처럼 보이기도 한다. 모든 이의 마음의 고향
에 피어나는 도라지꽃은 "아무 예쁠 것도 없이 가슴속까지"
아려 오는 "무명천으로 만든 어설픈 사랑의 색깔"이다. 무
명천으로 만든 무명 손수건의 빛깔은 이름 없이 나름의 자
리에서 충실하게 살아온 존재들을 상징하는 빛깔이기도 하
다. 무명(無明)의 빛깔은 또한 무명(無名)의 시인에게 어울리
는 빛깔이다. 스스로 무명의 시인, '천둥벌거숭이'가 되고자
하는 민용태 시인은 생활 속에서 살아 숨 쉬는 시인이며, 사
랑할 줄 아는 시인이다. 청년의 마음을 지닌 천둥벌거숭이
무명 시인이 들려주는 무명의 말 건넴을 듣다 보면 잊고 있
던 소박한 마음이 추억처럼 떠오른다.